QU'EN DIS-TU,

CITOYEN?...

PARIS,

CHEZ LES MARCHANDS DE NOUVEAUTÉS.

1822.

Qu'en dis-tu, Citoyen?......

Paris, chez les Marchands de nouveautés.

Lith. de Villain

QU'EN DIS-TU,

CITOYEN?..

Les premiers jours de l'an de grâce 1822 (qui est en même temps le 29.e du règne de S. M. Louis XVIII,) ont été si sombres, si nébuleux, qu'on pouvait craindre avec raison de voir éclater quelqu'orage. Cette année, probablement féconde en grands événemens, commence dans des circonstances tellement alarmantes, et se présente sous des auspices si peu rassurans, qu'en admettant même qu'elle puisse achever son cours sans être marquée par quelque catastrophe, elle ne pourra jamais s'écouler que de crise en crise. Telles sont les craintes de tous ceux qui ne se font aucune illusion trompeuse sur la situation politique de l'Europe; et telles doivent être les craintes de tous les gouvernemens qui suivent une marche contraire aux intérêts et aux opinions des peuples. Ces craintes sont-elles fondées?..... QU'EN DIS-TU, CITOYEN?

Je n'irai pas, dans un cadre aussi borné, parcourir l'Europe entière pour démontrer le malaise, le mécontentement des peuples de chacune de ses parties; personne n'ignore d'ailleurs que les Allemands sortent de leur apathie; que les Prussiens raisonnent; que les Belges souffrent; que les Italiens gémissent; et que le fier Castillan s'irrite des obstacles qu'une puissance invisible oppose à la consolidation du système constitutionnel. Le peuple qui sort d'un long engourdissement ne tarde pas à raisonner sur sa position: le peuple qui raisonne ne peut plus être gouverné par l'arbitraire: celui qui souffre ne saurait endurer éternellement ses maux en patience: celui qui gémit est à craindre pour ses oppresseurs; et le peuple, enfin, que l'on a irrité est prêt à se porter à toutes sortes de violences.... QU'EN DIS-TU, CITOYEN?

Je n'attacherai pas non plus aux événemens qui se passent dans l'Est de l'Europe, plus d'importance qu'ils ne peuvent réellement en avoir pour la France. Le Péloponèse et l'Archipel de la mer Égée sont trop éloignés de nous pour que les succès de ses habitans puissent faire changer notre situation intérieure. Les Grecs peuvent être libres et indépendans dans l'Épire et dans la Morée, sans que les Français se ressentent de cette liberté. La chute même de l'empire Ottoman, et le refoulement des Turcs au-delà du Bosphore, ne peuvent influer que bien faiblement sur les destinées de la France. Mais il est d'autres causes dont les effets plus immédiats et plus puissans peuvent la plonger dans l'abyme..... QU'EN DIS-TU, CITOYEN?

Depuis l'époque mémorable de 89, les Français ont successivement vécu sous le règne de la liberté et de l'égalité, sous l'anarchie et la licence, sous le despotisme militaire, et sous le despotisme ministériel. Toutes ces différentes époques leur offrent aujourd'hui des moyens de comparaison. Chacun abhorre l'anarchie et la licence ; chacun sait par expérience que le despotisme militaire ne peut convenir qu'à des hordes barbares, de quelque flots de gloire qu'il puisse être tempéré. Quant au despotisme ministériel, comme il ne peut exister que par l'abus de tous les pouvoirs, que par la corruption et l'avilissement d'une partie de la nation, la nation le repousse avec tout le mépris qu'il inspire. Le règne d'une sage liberté et de la plus parfaite égalité devant la loi est donc le seul qui puisse convenir à la France...... Qu'en dis-tu, citoyen?

Rédigée par une seule des parties contractantes, la Charte qui nous fut octroyée en 1814, a fait la part du pouvoir beaucoup trop grande, et celle de la nation, au-dessous de ce qu'elle pouvait prétendre. Néanmoins, comme cette Charte contient les bases des gouvernemens monarchiquesconstitutionnels, elle pouvait assurer le repos et même le bonheur de la France, si les lois organiques qui devaient en découler eussent été faites dans le véritable esprit de la Charte, et non d'après un système d'interprétation destructif de ses propres bases. En effet, presque toutes les lois proposées et votées depuis la Charte par cette majorité obtenue par tant de moyens, lui ont porté des atteintes plus ou moins graves. Cent fois elle a été violée, et presque toujours aux cris de *vive le Roi!* Et quel roi? l'auteur même de la Charte!.... QU'EN DIS-TU, CITOYEN?

Mais quel sont ces Français qui violent ou font violer le seul pacte qui unit le Roi avec son peuple?

Il est sur ce rivage une race flétrie,
Une race étrangère, au sein de sa patrie:
Les........................

Cette race qui semblait presque éteinte, a pullulé en silence dans les hautes dignités que l'usurpateur d'un trône, dont elle se disait l'appui, commit l'imprudence de lui confier. Elle a reparu, trainant à sa suite la discorde, la sottise et l'esclavage !.... QU'EN DIS-TU, CITOYEN ?

De tous les ridicules dont la raison nous avait fait justice pendant quelques années,

Il en est un, hélas! qui, cent fois terrassé,
Sur son autel détruit est encore encensé.
Le gothique blason, sorti de ses décombres,
De nouveau sur la France étend d'épaisses ombres.
Le géant féodal, que l'on crut enchaîné,
De burlesques atours et d'écussons orné,
Reparut précédé de cent mille cosaques....

La race dont il s'agit se recruta aussi-tôt de tout ce que les armées ennemies traînèrent à leur suite. Forte de ces nouveaux auxiliaires, et plus encore des circonstances, elle ne tarda pas à se démasquer.

Habitués à ne vivre que de *graces* et de *gratifications*, n'ayant d'autre atmosphère convenable que celle des antichambres, ni d'autres occupations que de solliciter des *faveurs*, les individus dont cette race se compose se sont empressés de reprendre leurs anciennes habitudes qu'ils trouven fort commodes.

Comme ci-devant ils ont entouré le Roi et les ministres qui donnent les places :

Or superbi, or umili, vili sempre,

rien ne leur a couté pour éloigner des conseils et des affaires tous les hommes dont les talens les fesaient rougir de leur propre ineptie, et qui font profession d'avoir une patrie avant tout. Mais la Charte était là, son observation rigoureuse les eût empêchés de demander des choses injustes, et de dévorer le trésor de l'état, après avoir dévoré les fonds de la liste civile. Il fallait donc violer cette Charte, faire une brèche à chaque article. A défaut de la force, ils employèrent l'astuce, la mauvaise foi et la corruption. S'y sont-ils bien pris ?.... QU'EN DIS-TU, CITOYEN ?

Dans plusieurs circonstances solennelles, le roi avait confié le dépôt de la Charte à l'armée, à la garde nationale et à tous les citoyens ; pour pouvoir violer cette Charte que les individus dont je parle abhorrent, il fallait trouver des complices dans l'armée, dans la garde nationale et dans les autres citoyens; ils en ont trouvé. Il y a toujours dans tous les rangs quelques lâches sans honneur, sans pudeur, sans patrie, toujours prêts à trahir la patrie et l'honneur, s'ils y trouvent quelque avantage particulier.... QU'EN DIS-TU, CITOYEN?

Il fallait aussi trouver des complices parmi les ministres du roi, et forcer ceux qui n'auraient pas voulu l'être, à céder leurs portefeuilles à des hommes plus complaisans et moins intègres. C'est ainsi que nous avons passé d'un ministère *raisonnable* à un ministère *mauvais*; d'un ministère *mauvais* à un ministère *pire*, et d'un ministère *pire* à un ministère *nec plus ultrà*. Chacun de ces ministères a donné son coup de sape au gouvernement constitutionnel, et conséquemment au trône. Les uns ont frappé à la sourdine, les autres, à coups redoublés. Celui que nous avons maintenant semble s'être réservé l'honneur de faire écrouler l'édifice constitutionnel. Imprudens ; ouvrez enfin les yeux. Il en est peut-être temps encore.... QU'EN DIS-TU, CITOYEN ?

De toutes les nations civilisées, la France est aujourd'hui celles où les lumières sont le plus généralement répandues. Depuis le financier le plus opulent jusqu'à l'ouvrier le plus pauvre, depuis le grand propriétaire jusqu'au mince laboureur ; chaque français croit de son devoir de se mêler des affaires de l'État, parce que chacun sait très-bien que l'État ce n'est pas le Roi, mais que c'est nous tous qui sommes l'État. Un peuple, pour qui la connaissance de tous ses droits n'est plus un mystère, un peuple qui en a payé la conquête du plus pur de son sang, ne permettra jamais qu'on les lui ravisse impunément. Il commence par murmurer, il finit par se mettre en colère, et les imprudens qui tentent le renversement des libertés publiques ne peuvent manquer d'être renversés eux-mêmes par l'irrésistible force de l'opinion nationale..... QU'EN DIS-TU, CITOYEN ?

Et de quel droit, vous ministres du *nec plus ultrà*, osez-vous porter tous les jours vos mains sur l'Arche sainte, seul abri qui puisse encore vous sauver de l'orage prêt à fondre sur vos petites têtes ? Pourrez vous me répondre comme Mahomet :

> Du droit qu'un esprit vaste et ferme en ses desseins
> A sur l'esprit grossier des vulgaires humains !....

Non, certes : le peu de Français qui vous connaissent savent que vous n'êtes pas des aigles, et personne ne compte sur votre esprit vaste. La France sait déjà ce que vous ferez, quelle que soit la durée de vos fonctions. En effet, que peut-elle attendre de Sa Grandeur, Monseigneur le garde des sceaux *de Peyronnet*, qui n'est connu que par quelques emphatiques discours où il a constamment montré plus de partialité que de justice, et qui débute au ministère par attacher son beau nom à cette révoltante loi sur la presse, à cette *Peyronnelle* * que la France a déjà jugée ? Les français peuvent-ils espérer que ce garde des sceaux

* Nom burlesque que l'on a donné à cette loi.

gardera intact le dépôt de la Charte qu'il a déjà violée ? Peuvent-ils espérer que dans un jour de troubles, sa seule présence au milieu des révoltés produirait le même effet que celle du président Harlay ?...... QU'EN DIS-TU, CITOYEN ?

Que peut attendre la France de ce ministre de l'interieur, ancien organisateur de l'obscurantisme dans l'instruction publique, dont le début au ministère se distingue par le déplacement de tous les fonctionnaires qui n'administrent pas suivant les vues de la faction qui l'y a placé, et qui, dans un seul moniteur, a achevé de contre-révolutionner les administrations civiles ? Peut-on espérer qu'un tel ministre s'occupe à faire fleurir le commerce, l'agriculture, les sciences, les arts ? Peut-on espérer qu'il s'entourera d'une force nationale, lui dont le premier acte est la complète désorganisation de la garde nationale, de la seule force sur laquelle puisse s'appuyer un trône constitutionnel ?.... QU'EN DIS-TU, CITOYEN ?

Que pouvons-nous attendre de ce ministre des finances, dont le parti contre-révolutionnaire a voulu vainement faire un homme d'État, et qui, par suite de ce système de désinteressement que l'on a tant vanté en lui, n'a pas trouvé de portefeuille plus convenable à ses affections que celui qui renferme les clefs des trésors et un budjet si difficile à éplucher ? Pourra-t-il s'occuper de faire d'utiles économies et de diminuer l'énormité des charges qui pèsent sur le peuple ? Hélas ! il est entouré de tant de gens qui ont soif de l'or, et qu'il doit contenter ! Pouvons-nous espérer qu'il administrera continuellement les fonds de l'État, lui, qui en 1814, protesta contre l'octroyement de la Charte comme étant inutile, et qui a toujours penché pour le bon plaisir ?.... Qu'en dis-tu, citoyen ?

De ce ministre de la guerre, dont la première sollicitude est d'organiser la politesse dans ses vastes bureaux, qu'en attendrons-nous ? Organisera-t-il, enfin, cette petite armée qui a si bon appétit, et dont les premiers grenadiers . . .

Qui vainquirent cent fois les bandes ennemies,
Repoussent maintenant les chiens des Tuileries,

Et même leurs parens, quand ils sont mal vêtus;
Qui servent pour dix sous, et ne voient rien de plus.

Composera-t-il cette armée de légions de citoyens, ou de bandes de satellites? Oubliera-t-il, lui aussi, ces vétérans qui ont long-temps combattu à ses côtés, pour favoriser encore ses officiers *bien-pensans* qui combattraient si mal? Enfin, ce ministre de la guerre qui a tant de choses importantes à organiser, comme Carnot, organisera-t-il la victoire dans ses bureaux?......... QU'EN DIS-TU, CITOYEN?

(*)..................................

Et de ce ministre des affaires étrangères, que l'on dit si étranger aux affaires, qu'en pouvons

---

* Si j'étais marin, si seulement j'avais fait un petit cours de navigation sur les bancs de l'école, et que je possédasse quelques légères notions sur le grand art de commander aux flots et aux vents; si au moins, j'eusse fait quelques promenades sur mer, ne serait-ce que de la baie de Naples à l'île d'Ischia, je pourrais me permettre quelques observations sur le ministère de la marine, et dire ce que la France a le droit d'attendre du nouveau ministre; mais comme je n'ai jamais mis le pied sur le plus petit esquif, et que je n'ai jamais visité

nous attendre. Finira-t-il nos misérables démêlés avec ces braves gens des États Unis ? Signera-t-il enfin un traité avec St Domingue ? Rendra-t-il à la France la considération et la prépondérance qu'elle n'aurait jamais dû perdre un seul instant. Des soins plus importans occupent son esprit : le ministre des affaires étrangères attend très humblement une permission du Pape pour coucher avec sa femme, et déjà vingt courriers de cabinet sont en haleine pour rapporter l'*ultimatum* de sa sainteté....... QU'EN DIS-TU CITOYEN ?

Non, Messieurs les ministres du *nec plus ultrà*, non, la France n'attend rien de bon de vos Excellences, mais elle vous observe, car elle sait que les sentimens que vous professez sont hostiles envers les intérêts, les opinions, les prédilections de la grande majorité de la nation. Vous ne pouvez avoir et vous n'aurez jamais la confiance de cette

---

aucun arsenal de marine, pas même en amateur, je suis forcé de m'en rapporter à Mr. de Clermont-Tonnerre, qui, plus marin que moi, fera sans doute mieux que je ne pourrais dire..... QU'EN DIS-TU, CITOYEN ?

grande majorité, parce que vous ne vous êtes emparés des porte-feuilles que pour achever la contre-révolution, que vos prédécesseurs ont si bien commencée. Aucun français ne doute plus que vous ne marchiez droit vers ce but, et vos premiers actes ne leur ont pas même laissé la possibilité de douter encore. QU'EN DIS-TU CITOYEN?

Ainsi donc, tant que vous serez Ministres, tant que vous pourrez empêcher que la vérité n'arrive jusqu'au trône, nous vous verrons suivre un système qui doit mettre la France et le trône dans les plus grands dangers;

Nous vous verrons proposer aux Députés du peuple français de porter des nouvelles atteintes à ses droits que la Charte a reconnus et consacrés, et que vous semblez vouloir méconnaître;

Nous verrons les places et les emplois arrachés à ceux qui les occupaient honorablement depuis bien des années, pour être donnés aux protections et à l'intrigue;

Nous verrons les rangs de l'armée et les états

majors se grossir journellement d'une foule de nouveaux officiers *chouans*, *vendéens* et *verdets*, et les officiers qui ont longtemps servi la patrie, dont les blessures attestent la bravoure, languir dans une triste inaction et implorer le pain de la pitié au pied de la Colonne ;

Nous verrons gorgé d'or ce que vous appelez le haut clergé, et les vénérables pasteurs des campagnes manquant du stricte nécessaire.

Nous verrons ces *zélés* procureurs du Roi, se rendre au parquet dans leurs superbes équipages, et les juges inamovibles toucher cent écus tous les trois mois pour rendre la justice avec intégrité ;

Nous verrons s'introduire en France et s'organiser à grands frais, aux dépen sde qui de droit, toutes ces corporations religieuses, jadis si funestes aux États, rappelées aujourd'hui à la sourdine pour empêcher les progrès des lumières du siècle, et pour nous replonger dans les ténèbres, dont s'enveloppe toujours le despotisme et la sottise.

Nous verrons ces corporations jeter aux vents

les cendres de Voltaire et de Rousseau, et livrer leurs ouvrages aux bûchers d'une inquisition occulte ;

Nous verrons la presse esclave de votre volonté et la liberté individuelle illusoire ;

Nous verrons la France sans troupes au milieu de voisins en armes ;

Nous verrons nos vaisseaux pourrir dans les ports, tandis que leur présence serait si nécessaire pour protéger les chrétiens de Smyrne et des autres villes de S. M. Turque, et que leur armement tirerait de la misère tant de braves marins qui meurent de faim.

Nous verrons la France oubliée dans tous les traités diplomatiques et ses agens sans considération ;

Nous verrons les agens provocateurs exercer leur talent, et la délation récompensée ;

Nous verrons des conspirations *douteuses* ;

Nous verrons, enfin, toujours quelques victimes.

Voilà quelles peuvent être nos espérances sous le ministère actuel. Se réaliseront-elles ? . . . . Qu'en dis-tu, citoyen ?

Mais que le ministère prenne bien garde à tout : quel que soit son plan et la constance de sa volonté, il peut être forcé de s'arrêter dans l'exécution de ses projets. Les circonstances, les événemens, peuvent le maîtriser, et alors il ne lui restera plus qu'une fuite honteuse.... Qu'il ne compte pas, surtout, sur le parti qui le pousse : ce parti qui se croit si fort aujourd'hui, s'évaporerait au premier moment de crise, ainsi qu'il l'a toujours fait au jour du danger.... Qu'en dis-tu, citoyen ?

Et vous, des préjugés intrépides soutiens,
Défenseurs des abus dès-lors qu'ils sont anciens,
Qui de la vérité repoussez le langage,
Si de nombreux sillons ne rident son visage :

Vous tous, que je regarde comme étrangers à votre patrie, qui n'avez d'affection que pour le pouvoir et pour vous-mêmes, qui avez fait commettre cent fautes graves aux ministères passés, et qui en ferez commettre cent autres au ministère présent, pour votre propre satisfaction ; soulevez, enfin, le gothique bandeau qui couvre votre faible vue, ouvrez vos grandes oreilles, et écoutez un instant cette vérité importune, mais qui peut vous être encore utile.

Vous vous croyez bien forts, parce que vous avez le pouvoir, les trésors et les places ;

Vous vous croyez bien nombreux, parce qu'on vous rencontre partout, comme les oisifs ;

Vous croyez avoir le plus de talent, parce qu'on vous l'a dit dans le *Conservateur*.

Eh bien ! vous êtes si faibles, que la moindre rafale de vent de *Sirocco*, qui traverserait les Pyrénées, vous renverserait dans la poussière, d'où vous ne vous relèveriez que pour aller cacher votre facile défaite ;

Vous êtes si peu nombreux, y compris vos auxiliaires les Suisses, les prêtres et les moines, que vous seriez imperceptibles sur la surface de la France, si son immense population se levait debout pour daigner vous regarder en face ;

Et vous avez si peu de talent, qu'il n'est aucun de nos enfans de *quatre-vingt-neuf*, qui ne puisse lutter avantageusement avec tous vos docteurs de l'ancien régime.

Ne comptez donc pas, si vous m'en croyez, ni sur votre force morale, ni sur votre force physique; comptez plutôt sur notre patience, sur notre dédain. Nous pourrons vous laisser faire encore quelque tems, mais quand vous aurez lassé notre patience, quand vous nous aurez poussés à bout, alors.... QU'EN DIS-TU, CITOYEN? QU'EN DIS-TU? QU'EN DIS-TU ??.......

FIN.

Imprimerie de F. P. HARDY, rue Dauphine, n.° 36.

www.ingramcontent.com/pod-product-compliance
Ingram Content Group UK Ltd.
Pitfield, Milton Keynes, MK11 3LW, UK
UKHW020958230726
13923UKWH00007B/2339

9 782019 259808